第一辑

这档事 3

Regarding Reincarnated to Slime

[日] 伏濑 著
[日] 川上泰树 绘画
[日] 三叶（Mitz Vah） 角色原案
K.W 羽千落 译

黑龙江少年儿童出版社

前情提要：

转生后来到异世界的利姆鲁，第一次遇见了同乡，其名为静江·井泽。她的身上寄宿着伊芙利特，是被称为“爆炎的支配者”的最强精灵使者。但是，与静江同化的伊芙利特，为争取主导权进而开始不受控制。为了阻止这场暴走，利姆鲁与伊芙利特进行了对决。经过一番苦战，利姆鲁成功捕食了伊芙利特，救出了静江。但是同化后的伊芙利特对静江有着生命延续的作用，因此静江的身体状况转瞬间恶化……静江死后，利姆鲁继承了她的意志与身体，迈向了新的目标。▼

利姆鲁·特恩佩斯特
（三上悟）
▶来自异世界的人，由人类转生为史莱姆的主人公。
维鲁德拉·特恩佩斯特
（暴风龙维鲁德拉）
▶为利姆鲁赐了名的挚友，天灾级的魔物。
利古鲁德
▶哥布林村的村长。
利古鲁
▶利古鲁德的儿子。
哥布塔
▶个性天然呆的哥布林。
岚牙
▶岚牙狼，隐藏在利姆鲁的影子下。
凯金
▶制造武器的行家。
伽卢姆
▶矮人工匠三兄弟的老大，防具行家。
特鲁特
▶矮人工匠三兄弟的老二，制造工艺品手艺出众。
米鲁特
▶矮人工匠三兄弟的老三，心灵手巧，精通建筑和艺术。
静江·井泽
▶在战争时期被召唤到异世界的日本人，已故。
爱莲
▶布鲁姆特王国的冒险者，法术士。
基德
▶布鲁姆特王国的冒险者，盗贼。
卡巴鲁
▶布鲁姆特王国的冒险者，重装战士。

目录

利姆鲁大人变得好可爱哟。
呀啊——♡
我现在不是史莱姆的样子，你也能认出我吗？
当然了！
说起来利古鲁德也是一眼就认出我来了。
那个……老爷，虽然只是应急用的，但还是请你穿上吧。
虽说你没有性别，但也不能就这样全裸着吧。
伽卢姆之所以会如此困惑，大概是因为我的外表和称呼差的太远了吧。
哦，谢谢。

第12话 鸠拉森林的强者

难得变身了，今天就保持一天人形吧。
踱步
在我照顾静小姐的时候，小镇的建设也在稳步地推进啊。
利姆鲁大人，早上好。
哦，早啊。
由于我让他们先安装下水管道，所以目前房子还都是些临时搭建的帐篷。
不过凯金和矮人三兄弟的工作室已经分别建在了各处。

看来利古鲁德的指挥能力比我想的还要强啊。
利姆鲁大人！
您要出门吗？
啊，去封印的洞穴那边转转。
不知道是不是因为最近被提升为哥布林王的关系，这家伙看起来更加壮硕了。
对了，哥布林领主们有好好工作吗？
那是当然！

由于居民增加了五百人左右，
只靠利古鲁德一人是管不过来的。
利姆鲁大人——
于是我便指派了四名哥布林领主给利古鲁德。
三位男性的名字分别是鲁古鲁德、雷古鲁德、罗古鲁德。
这三位分别是掌管司法、立法、行政方面的长官。
唯一的一位女性莉莉娜则是产品的管理大臣。

虽然只是些空有其名的职务，
不过细节部分以后慢慢定下来就好了。
对了，利姆鲁大人……
您今天也不需要用餐吗？
啊，反正我这副史莱姆的身体也尝不出味道……
嗯？

抖
对啊，我怎么给忘了呢？
抖
？
难得我已经拟态成人形了！
我还没有去品尝那些美味的饭菜呢！

等等。
从今天开始我和你们一起用餐。
天哪！
那今晚就举行宴会，我这就去吩咐莉莉娜让她来准备。
嗯，有劳了。

呀
吼——
会有些什么菜品呢？
兴奋
兴奋
一定会有肉吧？
一定有肉！
虽然我想吃白米饭，但是没有稻子啊——
下次去找找看吧！
流口水
停一下。

嗨，利古鲁！
利姆鲁大人！
周围的戒备与置办食物，辛苦你了。
今晚要开宴会噢。
拜托你弄来些美味的猎物吧。
今天利姆鲁大人也一起吃吗？
是啊，这副身体是有味觉的！
嘿嘿
吃得饱饱的，是不是身材也会变好啊？
噗哇
咚砰砰

那么我就去准备特等的牛和鹿。
嗯，拜托了。
请交给我吧！
最近从森林深处过来了很多魔兽，所以有很多的猎物。
……发生什么事了吗？
不是，魔兽偶尔也会因为环境变化迁徙的，
在我看来并没有什么大事。
呀——
呀——
当然，我已经加强了警备级别。

岚牙，你就跟着警卫队吧。
要是万一有情况就拜托你了。
是！
利姆鲁大人，您不是要外出吗？
没关系，我马上就能到。
不用客气，请带上我吧，利古鲁阁下。
哦——很帅气呀，岚牙。
※甩来甩去
ブォン
ブォン
要是你的尾巴没摇得那么欢，就更帅了。

那我就去洞穴喽。
有事就叫我。
啊！
抱歉，我把这个给忘了，
在森林巡逻的时候捡到的。
递
我想利姆鲁大人收下这个最合适……
……我也在找这个，谢谢啦。
虽然我从静小姐那里得到了很多东西，
您路上小心——
但是实体的遗物只有这个面具了。

徒步
徒步
——好嘞，
在这附近应该就行了。

因为同化了静小姐和伊芙利特的关系，我拥有的技能和抗性增加了不少。
麻痹抗性
影移动
最新
范围结界
最新
变化者
分身形态
粘丝
捕食者
大贤者
威压
最新
炎热攻击无效
思念传达
最新
炎热操纵
物理攻击抗性
最新
火化
热量变化抗性
痛觉无效
毒雾吐息
魔力感知
水操纵
超音
其实我现在尚未充分掌握我所持有的抗性。
成功将火焰『无效化』了。
啊！。。
大贤者会对我感到无语，也不能怪人家。
要是不去熟练掌握，真是太暴殄天物了。
所以我得好好练习。
拜托了，大贤者。
了解。

重新确认一下自己所持有的抗性……
我看看
和『热量变化抗性』一起，在被刺中的同时，我还获得了——
『物理攻击抗性』和『痛觉无效化』……
还有『电流抗性』和『麻痹抗性』？
我不太明白为什么会得到这两个抗性呢？
那个时候我并没有麻痹的感觉啊……
解答。可以理解为这是在应对你的要求时，情报不足的情况下所出现的代替措施。
……
……我倒是能想到一点。

……我的电脑就拜托你了。
把他沉到浴缸里通上电，
给我把里面的数据全部销毁……
……就是那个吧。
田村
话说『可以理解为』是什么意思啊，大贤者？
告诉我获得技能的一直都是你吧？
解答。通知获得技能、进化以及世界的变化，都是『世界话语』。
『世界话语』是任何人都能听到的。

咦，居然不是你啊？
解答。独特技能『大贤者』是挪用『世界话语』职能的一部分进行叙述而已。
这么说的话，那个像电脑一样的系统音……
在我获得『大贤者』之前好像也有听过。
立刻生成无需血液的身体。
额外技能『贤者』成功升级为独特技能『大贤者』。
貌似说过这话。

好像很容易混淆啊，大贤者。
……
不过『世界话语』啊，
虽然我觉得上辈子的那些常识已经不能用了，
不过这真是个不可思议的现象啊。
大体上可以算作是利用这些来说话的技能了。
哈，哈，哈，
……
……为了回答你的疑问我进行了自我改造。
小声
嗯，你有说什么吗？
没有。
好吧，那接下来就是确认技能了！

几个小时后——
分身
将各种抗性和「范围结界」联结发动。
分身发动了「多重结界」。
很好很好，那我要上喽。
轰
轰
轰
一、二……

「黑炎」
咔
カッ
咚
轰轰
咻咻
……

※用捕食技能灭了火

我的分身呢……
安好
啊，没事就好。
差不多该回去了……
肉在等着我呢。
唰
……
感觉我的攻击和防御都变得很厉害了呢。
ビクッ
惊
这一切都是多亏了大贤者，
还有静小姐留给我的技能啊。
ザザザ
逃
其名为——

独特技能『异变者』
虽然这个词从字面上来看有点那个，
不过这可是静小姐在接受与伊芙利特同化的同时，能够让自己保持自我的技能啊。
通过这个能力进行整合和分离，静小姐把身为人类的自己和身为精灵的伊芙利特『异变』成了一个统一的存在。
虽然我觉得这对我来说没什么用……

但大贤者认为这是个有用的技能。
掏
掏
因为它说『可以适应此技能』，所以就交给它了。
报告。『炎化』与额外技能『炎热操纵』以及『水操纵』通过整合而消失。
嗒
嗒
获得了新技能『黑炎』和额外技能『分子操纵』。
嗒
而且，黑色闪电和分子操纵可以进行联动。
是／否
嗒
哦，哦……
嗒
获得额外技能『黑雷』。接下来对『热量变化抗性』与『炎热攻击无效』进行整合，已进化为『热量变化无效』。
嗒
报告。将各种抗性与『范围结界』进行联动，可以形成覆盖全身的『多重结界』。
嗒
需要保持开启『多重结界』的状态吗？
是／否
嗒
要……
那个，大贤者啊，你是不是在较真啊？
没有。
接下来，将独特技能『捕食者』的『拟态』与史莱姆的固有技能『溶解、吸收、自我再生』进行整合。获得额外技能『超速再生』，因此『溶解、吸收、自我再生』技能消失了。
另外——

就这样我一个劲儿地获得新技能，
……老实说，我还是有点害怕的。
……这个面具，
有抑制魔力的力量。
让我试试。
戴
怎么样？
解答。仅漏一点的妖气也不见了。
此状态下，您会被当作『人类』吧。

很好，以后对外人就以这副装扮示人了。
哎呀呀，不知道合不合适？
合适。
还是一如既往地冷淡啊。
利姆鲁大人！
刚才那是……
是名为岚牙的个体发来的思念传达。

根据声音推测为救援请求——
トッ
咯

呀——
啪

你们……
要死了——要死了——
是什么人？

※异变者在日文中兼有可疑人物、变态的意思。

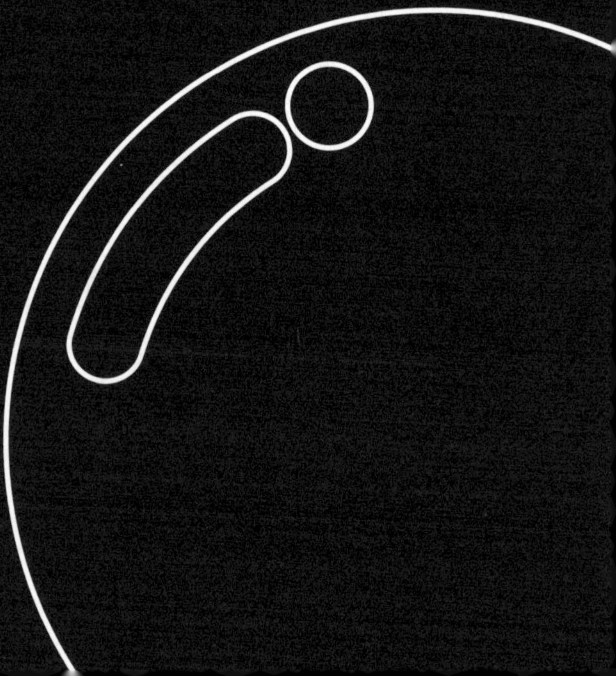

呀
啊啊啊啊啊啊啊
被砍到了，超痛啊，我要死了！
滚滚滚滚滚滚滚
哗啦
バシャア
冷静点，伤口很浅的。

第13话 大鬼族的袭击

倒在地上的大伙都没事。
只是因为魔法而陷入了沉睡。
呼噜
实在是太丢人了。
虽说我们感受到强烈的妖气而加强了警戒，
但实在是没想到竟然会遇到大鬼族。
大鬼族？
就是那个吗？
我在前世的游戏和电影里看到的是这种形象。
唔？
这也差太多了吧……

※咔嚓

岚牙！

主人！
落地
万分抱歉，我在场的情况下，竟还放任事态变成这样……
又来两人，总共六个大鬼族吗？

喂，你们！
虽然我不清楚事情的原委，但先替我们这边的人道个歉。
你们是否有意平心静气地谈谈？
明明实力相差如此悬殊，却没有给哥布塔和利古鲁造成致命伤，
警卫队的成员也基本没有受伤，只是动弹不了而已。
看样子是有什么隐情啊。
仔细看一下，他们的铠甲上还沾着血迹。
兄长大人，那个人的面具……

这种情况下我得圆滑应对才行……
现出原形吧，邪恶的魔人。
啊？
喂喂喂，你给我等一下！你说我是什么？
驱使魔物这种事，可不是普通人类能够办到的。
你似乎是伪装了外表，抑制了妖气，但是你太天真了，
你是蒙蔽不了大鬼族巫女公主的法眼的。
怎么会……
打击
我的真身只是一个惹人喜爱的史莱姆啊……

哼，答案已经一目了然了。
你的真实身份早已被这个面具给暴露了。
啊，面具？
你等一下，这里是不是有什么误会啊？
这是某个女人的遗物……
就让我用你的项上人头来弥补同胞的亿分之一的遗憾也好。
怎么办啊？他们是一心想战斗啊。
必须先让他们冷静下来啊……

似乎没有伊芙利特那么危险，
就挨一招让他们见识一下我的实力吧。
岚牙，对面哪个能用魔法？
啊，是那个被称作巫女公主的桃红色头发的女人。
那就拜托你牵制住她，
其余的我来。
这样一来，利姆鲁大人你就要和五个人作战了……
放心。
我不会输的。

……不知你是真有胆量，还是匹夫之勇。
我为你的胆识献上敬意，
接受你的挑战。
你可别后悔。

ドゴオオオオ
※重锤
你就先睡下吧。

「麻痹吐息」
哇
倒
挥
哎呀。

嗖——
闪躲。
刺溜
我可要出招了。
扫过
！
缠绕

这样很容易摔倒哟，小姐。
「粘钢丝」
开玩笑的。
※咔呲呲呲

滋滋滋
啪叽
啪叽
『身体装甲』
嗖

ボゴォオ
※砰轰轰轰
ドッ
咚

邪恶蜈蚣的『麻痹吐息』。
黑蜘蛛的『粘丝·钢丝』。
甲壳蜥蜴的『身体装甲』。
从他应对偷袭的反应速度来看，应该还拥有『魔力感知』。

或许他还会很多其他魔物的招数也说不定，
切勿大意轻敌啊，少主。
……那个老爷子好厉害啊。
只需一眼就能说出我在洞穴里捕食过的魔物名称和技能。
……让他们看到太多或许并不是什么好事。
今天就到此为止如何？
我希望你们能听我解释一下。
闭嘴，邪恶的魔人。

嗯——原本想让他们见识到实力悬殊之后就可以听我解释了，
可是天不遂人愿啊。
那个……所以说，
你确实很强，正因如此，我们更加认定了——
你就是那些家伙的同伙。
……我等大鬼族是不会输给区区猪头族的。
用力……
猪头族？
喂，你在说什么呢……

闭嘴！
这一切都是你们魔人干的好事！
等一下，这是误会啊——

咔
！
好险啊……
……
咦？
嗯……老夫也是老到不中用了啊。
本以为会砍下你的头呢。

咚
……不是吧。
这个老爷子巧妙地避开了『魔力感知』。
轻而易举地就攻破了我的『多重结界』和『身体装甲』啊。
嚓
下次我可不会失手了。
……看来你是匹夫之勇啊，
不过你竟然没有因为失去右臂而发狂，这胆识令人敬佩。

仅凭一人之力就想与我们一战，这份傲慢正是你的败因。
到阎罗殿去继续后悔吧！
※劈下
抓起

吸收
！
竟把砍下来的右臂给吸收了？
你说得很对，立刻就得意忘形是我的坏毛病。
沙沙
摘
你的忠告我会谨记于心的。
若我能更谨慎一点的话，不用失去右臂就可了结一切。
啊，好疼啊。
……不过，

我要是没有『痛觉无效』和『超速再生』，大概会那么说吧。
挥
挥
惊
你……这个怪物！
鬼王妖炎！

ゴオオオオオオ
※轰隆隆隆
嗖
嗖
嗖
干……掉了吗？
不好意思啊。

※轰轰轰轰轰

这一话，
史莱姆的戏份太少了！

我就让你们见识一下真正的火焰吧。
轰
轰
轰
轰
※轰轰轰轰轰
即便看到这一幕却没有失去战意，
仔细看好了。
看来是没办法与他们交谈了。

额外技能
「黑炎」

第14话
大鬼族的原委

啊啊……
那个……那团火焰，
并不是利用周围魔素发动的妖术！
那团火焰的形态，纯粹是依靠那个人的能力。
火焰的大小反映着那个人的能力大小！

如何，还要继续吗？
唔……
不错不错，感到害怕了。
拜托你们了，就这么投降吧。
少主，请带上公主快逃吧。这里就交给老夫吧。
不要说了老爷子。
我可是背负着惨死同胞们的遗憾啊……
苦寻的仇人就在眼前，我怎么能逃走呢？

我可不是在开玩笑，
我好歹也是作为下一任头领人选被栽培起来的，这份骄傲我还是有的！
若要忍辱苟活，我宁愿拼上这条命来报一箭之仇。
少主……
那么老夫也誓死追随。
啪
……居然会变成这样。
这下糟了，事与愿违啊。

请等一下，兄长大人！
快让开！
我不！
这个人也许并不是我们的敌人啊。
哦？
为什么，他难道不是和袭击村子的那群魔人戴着一样的面具吗？
你也是这么说的吧？
是，但是……

试着抵抗睡眠魔法的那两个高等哥布林，
似乎很信赖并且仰慕这个人。
贴近
ぴとっ
牵制住我的那匹狼也是……
靠得太近了，岚牙。
我认为这和率领猪头族的魔人有相当大的差别。
干得漂亮！公主殿下。
就快成功了！
你也好好想想啊，这个小姑娘到底是在袒护谁啊？
对吧，少主？
唔……

这氛围，他们总算肯听我说几句了。
吸收
这个已经不需要了吧。
？
你刚刚做了什么……
把火捕食了而已。
刚才那个随便一扔肯定会伤害到人吧。
……你到底是什么人？
我？我只是一只史莱姆。
叫利姆鲁的史莱姆。

竟然是史莱姆？
不可能，再怎么说也太……
弹弹弹
咦……
真……
光滑
弹性十足
真是史莱姆……
顺便说一下，这个面具是某个女人的遗物，也是刚回到我手里的。
如果你们想确认这个和袭击你们村子的家伙们戴的是否是同一款的话，我给你们看看也无妨。
给你。
别弄脏了哟
啊，好的……

虽然感觉相似……
这面具似乎有抑制魔力的作用。
但是那个时候的魔人并未隐藏妖气。
那么……
摆架子
……
——实在抱歉，是我们搞错了。
恳请你接受我们的道歉。

嗯，不必自责。
哎呀哎呀，那会儿还真不知道会演变成什么样子呢。
咦，利姆鲁大人？
？？
哦，你们醒了。
大鬼族们也没事吗？
是的，多亏了您给的恢复药……
好了，大家一起回村子吧。
是。
你说的大家也包括我们吗？
是啊，我还有很多事情想问你们。
饭我请！

真是感谢你的盛情……但是这样好吗？
我们可是伤害了你那些同伴啊。
真是抱歉。
彼此彼此啦。
所幸没有伤亡，这就行了。
而且今天我们要开宴会，
人多一点才更有趣吧？
对了，你们叫什么名字啊？
我们没有名字。
啊，也对，通常好像是没有的。
我回来了——
欢迎您回来！
利姆鲁大人！
欢迎回来，利姆鲁大人！
欢迎回来！
欢迎回来！

嘈杂
嘈杂
嘈杂
嘈杂
嘈杂
嘈杂
嘈杂
嗞啦嗞啦
嗞嗞
……好了！

利姆鲁大人，请慢用！
啊，谢谢。
啊呜
……利姆鲁大人不是说尝不出味道吗？
现在他可是人类的形态啊，
一定能尝出来。
你难道不想奉上美食供大人品尝吗？
吧唧 吧唧
咕噜
……利姆鲁大人？
抖
抖

※噢噢噢噢噢

猪头族竟然向大鬼族主动挑衅？这怎么可能！
吵嚷
吵嚷
吵嚷
吵嚷
数千名武装好的猪头族们袭击了我们村，村子已经被蹂躏殆尽了。
这是事实。
原本三百名同胞现在也仅剩下我们六个了。
真是难以置信……怎么可能有这种事……
窜出
这事很奇怪吗？
哥布塔。

那是当然了，大鬼族要比猪头族强很多啊。
弱小的猪头族主动挑衅，本就难以置信，
竟然还给全灭了。
并没有全灭，
还有我们在呢。
……抱歉。
原来如此，这的确让人很不甘心啊。

你不再吃点肉吗？利姆鲁阁下。
稍微休息一下。
你妹妹好厉害啊。
如此熟悉草药和香草，
瞬间就和哥布林美女她们熟络了啊。
……毕竟是深闺中的大小姐，
能受人依赖自然高兴喽。
那么你们接下来有什么打算吗？
什么打算？
就是今后的计划啊，
无论是策划东山再起，
还是移居别处，
同伴的命运都在你的一念之间吧？

储备力量，再行挑战之前……
你有什么打算呢？
……
看来是没啥计划啊。
我有个提议，你们想成为我的部下吗？
啊？
虽说我只能提供衣食住的保障，不过你们还是有个据点比较好吧？

可是这样一来，这个镇子就会卷入到我们的复仇中来……
没什么，我也不光是为了帮你们。
而且你说有数千全副武装的猪头族攻过来？
这怎么想都不寻常，就算这个镇子也谈不上是安全的啊。
所以战斗力越多对我们越有利啊。
……原来如此。
……

……抱歉，让我再想想。
哦，你好好考虑一下吧。
……这事不赖。
但是决定权在你。
我们会跟随你和公主殿下的。

要是我能更强的话……
……决定好了吗？

我们大鬼族本来就算战斗种族，对于侍奉于人前，驰骋于战场一事是不会抵触的。
主人若为强者，我们则会越发欢喜，尽心侍奉。
跪下

昨夜您的提议我接受了，恳请您允许……
我大鬼族等人加入您的麾下为您效劳。
……看起来我应该更加体谅一下这家伙的心情啊。
他现在所想的应该是就算同归于尽也要立刻报仇吧。
而他却接受了自己的无能，以一族首领的身份做了这个决定。

我知道了，把大鬼族人都叫到这里来。
我能做到的，
只有让他对这个决定无怨无悔。
我将给所有人颁发成为我部下的证明。

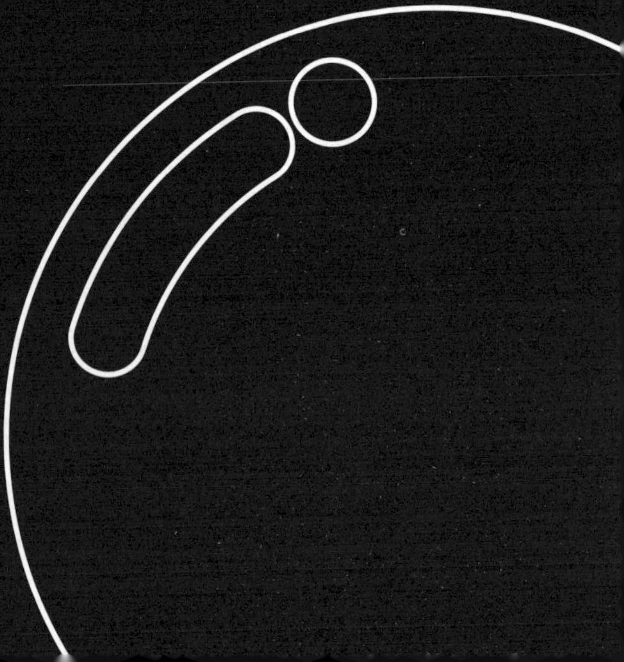

请、请等一下，
赐名本来就伴有极大风险的。
所以才算是最高级的……
没事没事，我都说没事了。
但是……
利姆鲁大人！
利姆鲁大人！
所谓的危险就是说那个吧？
就是那个大量使用魔素而导致的昏睡状态。

只要不一次性大量赐名就没问题了吧，
这次只有六个人而已。
还是说你们讨厌我赐名于你们？
绝对没有那回事……
我们没有意见。
兄长大人！
承蒙您的好意。

那我开始喽。
其实我当初见到你们的时候就想好了。
第15话
大森林的异变

紫苑
紫苑，我来换你吧。
不用了，朱菜大人，就由我来照顾利姆鲁大人吧！
紫苑你真是的……
嗯？
……
啊。

利姆鲁大人！早安。
那个……您是哪位？
疑问

等等，怎么觉得记忆有点模糊呢？
我好像是要给大鬼族人赐名来着……
您醒了，利姆鲁大人。
唰
……你是大鬼族的那个少主吧？
是。

现在我已是鬼人，
您赐予了我名字，
唤作『红丸』。
我想起来了！
赐名之后我就进入了睡眠状态。
利姆鲁大人！
瘫软
利姆鲁大人您没事吧！
话说这是怎么回事，鬼人？不是大鬼族吗？

以前那么大的块头，一下子小了一圈。
……不过怎么说呢？
体内的魔素量与之前相比，倒是增长得令人惊叹。
这就是那个利古鲁德变身冲击的再版吗？
之前
之后

也就是说从大鬼族进化成鬼人了……
利姆鲁大人，我是朱菜。您醒过来真是太好了。
朱菜……那个大鬼族的公主吗？
本来就长得可爱，现在更是成了一名美少女了。
我是『紫苑』。
我非常喜欢利姆鲁大人赐予我的名字。

这个大美女是紫苑……
少了几分野性，变得更具知性美了。
站在红丸身后的就是把我手臂砍下来的老爷爷，叫『白老』对吧？
哈哈，您就别调侃我了，看到您瞬间再生了，我可是急坏了。
好像年轻了许多啊。
这也是进化所带来的影响吗……
进化前
鬼人啊……
鬼人——

是鲜见于大鬼族的高级种族。
竟然一次性出现了六位鬼人，真是前所未闻啊。
迈
你好像是……
您赐予我『苍影』之名。
我为您的身体迅速恢复感到由衷的喜悦，利姆鲁大人。
哦哦。
当你为高级魔物赐名时会消耗与之相等的魔素。
也就是说才六个人就将我的魔素耗尽了。
你倒是早点儿说啊

嗯，还有一个人哪儿去了？
啊，那家伙泡在凯金阁下的工坊里呢……
啊，他来了。
您身体恢复了，真是太好了。
您知道我是谁吧，我是『黑兵卫』。
哦……看起来没什么变化啊！
确实有这么个家伙来着。
利姆鲁大人。

先是帅哥→美少女→美女→银发绅士→帅哥，最后一个却只是普通的大叔。
让我们好好相处吧，黑兵卫。
嗯！
感觉很安心！
……但是，
老实说这些家伙变强后让我有点害怕啊，
若是打倒猪头族后背叛我的话……
你们还是再换身衣服吧，看起来不合身。
此刻，另一方——
ザッ
沙沙
ザッ
沙沙
ザッ
沙沙

在鸠拉大森林发生的异变，
正一步步逐渐蔓延开来。
沙沙
沙沙
沙沙
沙沙
哼唧
沙沙
哼唧
沙沙
快让开！
报、报告！

什么事这么吵闹？
蜥蜴人族的首领
在希斯湖的南部发现了猪头族的军队！
应该是来攻打我们蜥蜴人族的！

你说猪头族？
凝神
数量大概多少？
……
怎么了？我在问你猪头族的数量有多少。
那个……

猪头族的军队……其数量大约是二十万……
不可能！竟然有我方军队的十倍？
我也觉得难以置信！
所以我多次用魔力感知和热源感知进行了确认……
……并没有错。

议论
这不可能啊！
议论
况且他们都是些没有团队意识的种族啊。
议论
根本不可能聚集统帅二十万这么夸张的军队啊！
议论
嘈杂
我们还听说猪头族的军队摧毁了大鬼族的村子……
你说什么？
嘈杂
嘈杂
本来还以为是胡说的呢，但是若是以数量取胜又或者是……
嘈杂
……猪头帝。

!
如果真的有能统帅二十万军队的猪头族，
那我不得不怀疑是传说中的那个特殊个体。

静……
只是有这个可能，
但是……
起身
我们也应该做好所有该做的。
儿啊！
我儿在吗？
啪嗒
我在这里。

不过父亲殿下，刚才的那种称呼是否有些庸俗呢？
克鲁米特大人可是赐予了我『加维鲁』这个名字。
蜥蜴人族的战士长
加维鲁
称呼什么的无所谓。
不说这些了，我有事想让你去办。
……请您吩咐。

猪头帝？
ズババババ
※呲啪啪啪
那是什么？
嗯，简单来说……
就是怪物。
哦。
这也太简单了
那么现在在我们面前的白老就是猪头帝？
挥剑
咻咻
嗯，差不多的水平吧。

吼吼，您真敢说啊，
明明是利姆鲁大人希望我来指导训练的。
挥
我稍微休息一下。
真拿您没办法。
我就说了句想学习剑术之后，就变成了现在这样。
你们可要继续啊。
转
欸
真是个恶魔教练啊。
不过，我也只是说笑的，猪头帝可是数百年才会出现一次的猪头族的特殊个体啊。
弹

他的统帅能力极高，甚至能将同伴的恐惧感给吞噬殆尽。
哎！
你们都还手啊。
办不到啊
袭击村子的猪头族对同伴的死毫不畏惧，
或者是因为猪头帝的关系。
哇——布藏哥！
原来如此……
唔哇哇哇
咿—
呀—
不过我觉得可能性还是很低的。
你还能想到点别的吗？
村子被袭击还会有什么理由？
嗯—
有破绽！
……我想想啊。

我也不知道是否有关系。
在遭到袭击之前有个魔人来我们村，说要给我们『命名』。
结果被连我在内的所有人赶了出去，
当时他骂骂咧咧地走了。
这村子还是毁了吧！
可能是招他记恨了吧。
还差远了啊。
这也是没办法的啊，
未经认可莫名要来当我们主人，我们当然不答应了。
那家伙的名字叫什么来着，
好像是克雷……克罗……
是克鲁米特。
对，就是这个。
嗖

苍影，有什么事吗？
我有事要禀报，利姆鲁大人。
我们发现了蜥蜴人族。
以湿地为据点的他们居然会来这里，这很反常。
所以我就立刻前来报告了。
蜥蜴人族？不是猪头族吗？
是的。

似乎是来和附近的哥布林村进行交涉的，
可能不久后就会来这里。
利姆鲁大人——
嗒嗒嗒
嗯——
午饭已经准备好了。
今天我也帮忙下厨了哟。
哦，谢谢你，紫苑。
你们也一起吧。
消失
不了，我今天就算了……
啊，是吗？

蜥蜴人族啊。
这个世界的种族和我生前的印象并不一致。
加维鲁大人，最强！
蜥蜴人族第一战士！
所以我很期待会是些什么样的家伙呢。

※cosplay：角色扮演

话说和红丸他们成为同伴后，已经过去数日了……
今天是紫苑第一次准备午饭吗？
是的。
因为朱菜大人忙于制作衣服，所以我想厨房的人手大概会不够吧，
但是哥布一阁下却婉拒了我。
厨师 哥布一
紫苑大人，人手已经足够了，真的。
已经足够了，你就别做了。
啊，这样啊。
很好很好
先去朱菜那里看看吧。
好的。
……

祝您好运，利姆鲁大人。
第16话 加维鲁来也
哎呀，这可真漂亮啊。
这是用丝线织成的丝绸吗？朱菜。

是的，作为原材料的地狱蛾的茧里含有大量的魔素，
非常结实。
原来如此，也就是说防御性能也很高喽。
这个易于染色吗？
好厉害啊，已经做出丝织品了啊。

利姆鲁大人，您来了。
小跑
我听说朱菜很忙就过来看看，现在情况如何？
是，凯金大人制作的织布机非常好用。
是吗，太好了。
朱菜进化后获得了名为『解析者』的技能。
似乎有着和我的『大贤者』同等的能力。
麻
棉
丝
貌似能在较短周期内进行各种尝试。

由于她很擅长缝纫，所以我就让她来帮伽卢姆和特鲁特制作大家的衣服了。
她很欣然地接受了。
真是个意外收获啊。
是啊。
利姆鲁大人，我们也该走了，
午饭要凉了。
紫苑是自荐来当我的秘书的。
利姆鲁大人，下午一点开始聚餐，
我已经为您准备好车了。
紫苑，秘书一职你做的还好吗？
当然了，朱菜大人。
因为她看起来也很像秘书，所以我就答应了……

微笑
呵呵呵，我也可以来照顾利姆鲁大人的日常生活啊。
不了，就不劳烦您了，我会好好照顾利姆鲁大人的。
微笑
拉扯
总觉得这两个人好像在争我啊。

那个朱菜，我有事想要拜托你。
什么事？
变身。
咚
你能为我做身衣服吗？
就是便服之类的，我想要多一点选择嘛。
这种款式的

交给我吧，利姆鲁大人。
我一定会为您做出漂亮的衣服的。
太好了，成功结束了刚才的争执。
伽卢姆和特鲁特也拜托喽。
嗯，交给我们吧。
你们可别趁乱动手动脚哟。
才、才不会呢！
惊
好了，那我们走吧。
难得紫苑亲手做的料理，要是凉了就不好了。
咦……

那么朱菜大人，我先失陪了。
嗯？
等等，刚才的『咦……』是什么意思啊，
我有一种不祥的预感。
难道……
不是吧，紫苑你可是长着一副『能干的女人』的样子啊，难道……
难道会是『那种』约定俗成的展开吗？
拜托！一定要让我猜错啊……
我现在就为您拿来。
啊啊……
让您久等了。
咔嗒

果然不行啊！
啊

可恶的红丸……你是知道紫苑会做出黑暗料理才闪的吧。
利姆鲁大人，请慢用。
喂，听到没，把头转过来，为什么你悠闲地喝着茶啊？
嘶嘶——
话说仔细一看旁边那个不是白老吗？那老爷子完全隐藏了气息啊！
这才是高手啊！
抱歉，利姆鲁大人……
这也是修行啊……
啊——肚子好饿啊——

※拟像现象：是指只要有三个点就会将其认知为“脸”的现象。

我相信你喽，大贤者！
转
唔咕
……
……唔咕？
！
唔……

咳咳
咳咳咳
咳
咳咳
哐啷
咔嗒
おげぇ
哥布……
※呕啊啊啊
ああああ
呕
咚oooooo

静——
……咦？
……紫苑。
在、在！
今后你要做供人吃的食物时，先征得红丸同意。
好……
您也太过分了，利姆鲁大人。
我管你啊，监督一职就交给你了。

希望红丸能够好好努力，
为了今后不再出现像哥布塔一样的牺牲者——
谢谢你，哥布塔，我不会忘记你的英姿的。
我还没死……
行进
——父亲大人也真是的。

竟然让我『辗转于哥布林各村去寻求协助』？
行进
行进
害怕区区猪头族，这可不是我们高傲的蜥蜴人族应有的作风啊。
嘀咕嘀咕
他以前明明是那样一个高大威猛的伟大之人……
我说加维鲁大人，您什么时候当首领啊？
嗯？

虽然我是有点出言不逊了，
但是我还远远不及父亲大人啊。
现在的加维鲁大人一定不会逊色于鼎盛时期的首领的。
正是。
点头
咦？不，没那回事……
毕竟加维鲁大人您有名字啊。
嗯，您的枪法可谓是无人匹敌啊。
您现在不行动更待何时啊。
盯……

欸，什么？难道我现在……
难道我现在很受欢迎吗？
……嗯，也是啊。
父亲大人年事已高，就算要采取略微强硬的措施，也得让他知晓，我已经拥有了足以当上统治者的实力了。
想必这样一来，他也会安心退位了吧。

那么？
嗯。
就让我以击退猪头族的军队为契机，
来继承蜥蜴人族首领的宝座吧。
挠挠
不愧是加维鲁大人。
咻—
好帅啊！
耶—
实至名归。

——咦，烧制的时候完全凭感觉掌控温度吗？
嗯，看火的颜色大概就知道了。
我倒是会计算好。
我回火的时候也会计算好温度的。
对啊，外面太冷的话韧性就会不太好。
黑兵卫熟悉锻造刀工技术，他和凯金可谓是意气相投啊。
能探讨各种各样的专业话题，连说两个小时。
……结果我完美错过了中途退场的时机。
对吧？锻造很有意思吧，利姆鲁大人。
啊啊……
利姆鲁大人——

怎么了利古鲁德？
你来得正是时候！
不好了，蜥蜴人族的使者来访了！
蜥蜴人族……是苍影说过的家伙吗？
似乎是来和附近的哥布林村进行交涉的，
可能不久后就会来这里。
到底会是什么交涉呢？
我马上就来，凯金、黑兵卫，后续内容就下次讲给我听吧。
啊，好的。

利姆鲁大人。
嗒
事情我已经听说了，可否让我们同行？
我们想了解蜥蜴人族的意图。
当然可以，他们到底是敌是友呢……

……咦，只有一个人吗？
转身
！
※咚咚咚咚咚
咚咚咚咚咚咚

※咚咚咚咚咚

ザ
ザ
刹
唰
这出场方式颇有演出效果啊。
落地

请务必将这副尊容铭记于心。
这位正是会成为下一任蜥蜴人族首领的战士。
蜥蜴人族下一任首领？
张开
！

我是加维鲁。
现赐予你们成为我手下的机会！
啪
啪
啪
啪
啪
啪
啪
啪
……啊？

你那个到底是想做成什么料理啊？
是鸡胸肉和青菜熬制的高汤。
竟是那么高级的料理吗？

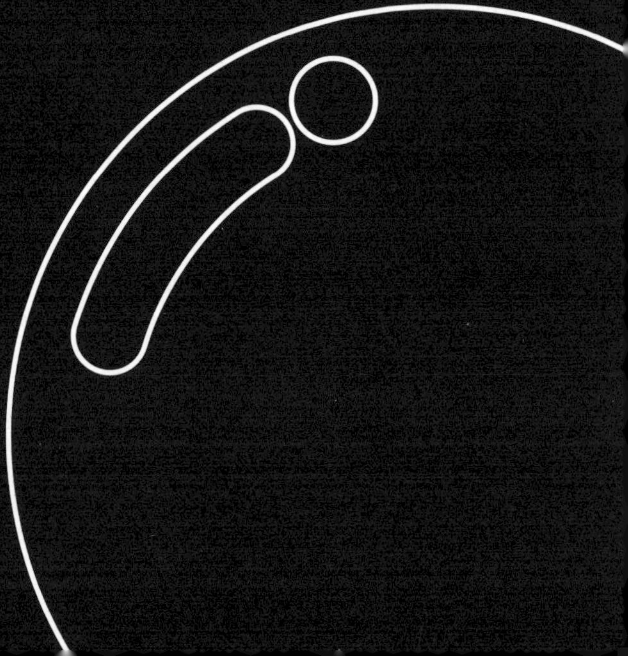

成为手下的机会？
这个蜥蜴人族……是叫加维鲁吧。
一副自以为是的样子，以为自己是老几啊。
※用力
喂……紫苑，淡定！
我这史莱姆的身体都要被挤苗条了！

第17话
哥布塔VS加维鲁

哎呀哎呀，必须要向所有人解释一遍才行吗？
想必你们也听说了吧。
低头道歉
避难
猪头族的军队正在进攻这片森林。
嚯嚯……
※盛气凌人
所以只要成为我的手下即可，我定当——
从猪头族的威迫下解救各位！
ばあああん

弱小的哥布林想必是敌不过猪头族的吧？
瞄
大型哥布林
鬼人
史莱姆
鬼人
鬼人
……
好像没有哥布林族在场啊？
咦？
根据情报来看这里确实是哥布林村啊……
小声
小声
小声

……确实，猪头族攻过来的话和蜥蜴人族联手也不失为一个选择，
嗯。
唔——
然而我并不想把我的后方托付给这群家伙。
不至于讨厌，但他是个傻子吧。
啊——咳咳。
听说这个村子里有人驯服了牙狼族。
我就把那家伙提拔为干部好了。
勾
勾
把那家伙叫过来吧。

不好，紫苑又开始动怒了。
ギリ
ギリ
抱紧
红丸也一副『想揍这家伙』的表情。
ギリ
ギリ
抱紧
总之先接着谈吧，
我也想试试那家伙的实力。
岚牙。
是
バッ
ア
出现

从、从影子里出来了？
你就先听听他的提议吧。
遵命。
咦，它之前有那么大吗？
这才是岚牙的真实体型啊。

因为他一摇尾巴就会给周围带来不小的损失，我训斥一顿之后，它就变小了。
喂！
失落
嘿……
嗯……
要威吓对方的话，还是这个体型比较合适。
得到主人命令，我会听你说的，你讲吧。
哦哦，您就是牙狼族的族长阁下吗？
哦。

咦，其他的家伙都畏畏缩缩的了，
但那家伙还挺有骨气的啊。
还挺威风凛凛的，但是——
『主人』是个史莱姆未免有失身份吧。
什么？
看来阁下是受人蒙蔽了。
那好，
就让我来打倒操控阁下的宵小之徒吧。

加维鲁大人好帅啊！
唔噢
让大家见识一下吧，加维鲁大人！
噢
噢
噢
……区区一只蜥蜴竟敢嘲弄我主。
咕呜呜呜
加维鲁
加油
加维鲁
加油
啊，不好，那家伙死定了。
咦，你们在干什么啊？

哥布塔？
呀——
真是够呛啊。
你不是『因为吃了紫苑做的料理』差点死了吗？
报告。个体名哥布塔似乎因为抵抗住了紫苑的料理，而获得了『毒抗性』。
啊，这样啊……
居然是毒
你来得正是时候，哥布塔。
欸？
欸？
欸？

什么，这是什么情况啊？
蜥蜴人，你若是能打倒这个人，我会考虑一下你的提议。
推
推
为什么……
我是无所谓，让部下出战自己也不会面上无光啊，
对吧？史莱姆阁下。
嗯。

哥布塔不要客气，干掉他。
欸，这到底是怎么回事啊？
你要是赢了，我让黑兵卫给你做个武器。
啊，真的吗？我突然有干劲了。
输了的话就要受『紫苑的料理之刑』。
我会努力的！
背水の陣
※背水一战
那就开始吧！
嗷
呜
呜
呜
呜
呜

哼，我等伟大的龙之后裔蜥蜴人族，
怎么会输给区区的大型哥布林——
哦？
咻
可恶的小子！
挥动
嗖
！

?
怎么可能消失……
ゴキッ
踢中
看招。

唰
难道哥布塔那家伙能够熟练使用『影移动』了？
咚

呼
笑
见分晓了。
胜负已分，胜者为哥布塔！
好！
嚯嚯
哇

『影移动』原本是岚牙狼所持有的技能。
虽然我也获得了黑岚星狼所持有的一个能力，但是却从未使用过，
没想到哥布塔竟然会用……
噗哇
那个回旋踢也是我以前对他使用过的招数。
那个家伙难道真的是个天才……
话说回来大家都认定哥布塔会赢吗？
加维鲁看起来也挺强的啊……
干得漂亮，干得漂亮。
看来没有白锻炼啊。

我还以为——
你竟然对我们的人下狠手啊。
先出手的是你们吧。
他们会这样来找茬儿，然后暴揍对方一顿呢。
……
没关系，我是一个很会察言观色的男人，就装作是如我所愿好了。
干得漂亮，哥布塔！我会遵守约定让黑兵卫给你做武器的。
呆滞
太好了！

那边的家伙们，你们看到了吧？
这场比试是我们的哥布塔赢了。
要是同心协力和猪头族作战的话我们还可以商讨一下，做部下这事就免谈了。
今天你们就带着那家伙先回去吧。
我、我们还会再来的！
正是，这可绝对没有结束。
嗒嗒嗒嗒
你给我记住了——

那么……
我们来计划一下以后的方针吧。
议论纷纷
讨论
讨论
讨论
讨论

什么——二十万？
数量有二十万的猪头族军队要来攻击这片森林吗？
是……
袭击我们村子的也就数千人而已……
那似乎是别动队。
大部队沿河北上。
从大部队和别动队的行动来看，估计会合地点是这以东的湿地……

蜥蜴人族所居的湿地
哥布林村
大鬼族村
也就是说将会在蜥蜴人族支配的地域里。
也就是说我们的镇子并不是对方的目标所在……
但是这么一来就算是大鬼族的村子也没有影响到大部队的行进路线。
……猪头族的目的到底是什么呢？

嗯……
猪头族并不是高智商的魔物，
如果这次的进攻并非本能驱使，那么其背后可能是有什么人在搞鬼。
比如说魔王……
之类的？

我开玩笑的……
反正是无凭无据的瞎猜，你们忘了这话吧。
嘎吱
即便真是和魔王有关，
那家伙也未必就是让静小姐受苦的莱昂。
感觉魔王有好多个
……
虽然不是魔王……

但是我觉得猪头帝出现的可能性很高，
普通的猪头族要率领二十万人军队简直是天方夜谭。
就是你之前说过的那个吗？
数百年才出现一次的特殊体质。
是的。
与其乐观地认为它不存在，不如警戒起来比较好。
是啊。

嗯，苍影你怎么了？
有人接触了我在侦察中的分身。
说是有话要传达给利姆鲁大人，
您意下如何？
给我？
谁啊，我已经不想听加维鲁多说了。
我也不想见奇怪的家伙。
虽然……并不是怪胎，但是也是很稀奇的。
是……树妖。
树妖！

就是那个在卡牌游戏里经常出现的木系妖精姐姐吗？
慌张
吼吼吼，叫她来吧。
是。
飘
※现身
ぶわっ
哦？
利姆鲁大人！
——初次见面，『统帅魔物之人』，以及他的各位侍从。

突然造访，万分抱歉。
我是名为托蕾妮的树妖。
我是利姆鲁·特恩佩斯特。
初次见面，托蕾妮小姐。
还请多多关照。
哦，和我想的一样！
吵嚷
咦，是真的树妖？
吵嚷
真的假的？

议论
我……还是第一次见到呢。
议论
议论
那是当然了，树妖大人最后一次现身是在数十年前了。
为什么如今会出现在这里……
议论
感觉大家都很困惑啊，这位大姐姐原来是这么了不起的人物吗？
解答。树妖是森林里最高级的存在。也称为是『树人族的守护者』或者『鸠拉大森林的管理者』。
……原来如此，有种『社长亲自来视察』的感觉。
那个……托蕾妮小姐，你今日是为何事而来呢……
我今天来到此地是有一个不情之请。

利姆鲁·特恩佩斯特，统领魔物之人啊……
我想拜托你去讨伐猪头帝。

前往第4卷转生吗?

>是

否

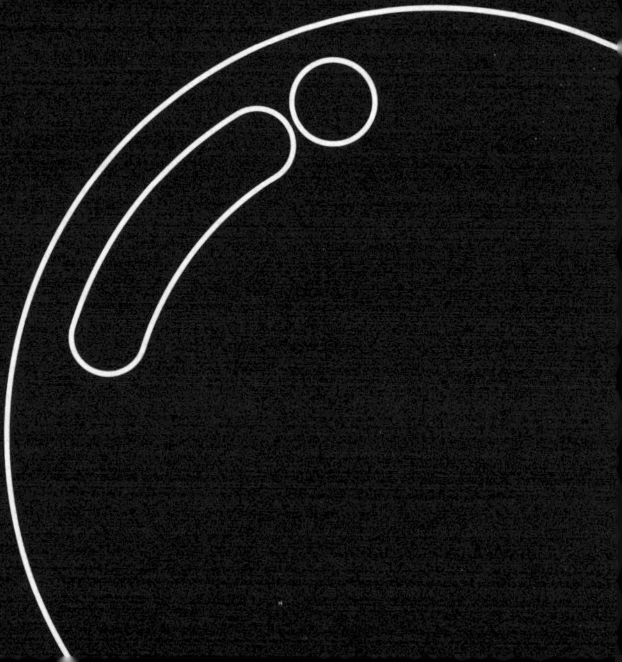

加笔小说

维鲁德拉的史莱姆观察日记

~激斗篇~

维鲁德拉的史莱姆观察日记
~激斗篇~

◆鸠拉森林的强者◆

啪嗒，啪嗒。

一片黑暗、空无一物的空间里，回荡着本不该存在的响声。

没错，全都来自想象力。

在我以意念画出的将棋盘两侧，我与炎之精灵伊芙利特正在激战。

伊芙利特也是个高级精灵，不费吹灰之力就习惯了用意念下棋。他还配合我的想象，每次落子都发出声响。

很好，气氛可是很重要的。

我很满意，意念一转，看向外界。

利姆鲁自从得到人形后就开始注重穿着了。受此影响，魔物们也开始享受打扮的乐趣,建起了种种设施,比如加工魔物毛皮的工房。

此外，他们还建了方便众人用餐的建筑，连能博采众议的会议场所也准备了。

渐渐地，小镇越来越像样了。

不过这还远远算不上结束。

我通过利姆鲁的视线观察，以新招来的矮人工匠为中心，大家正为了创造舒适环境而齐心协力。

他们的工程似乎参考了利姆鲁记忆中的“江户时代的上下水管道”。具体的我是不太明白啦，反正看上去只要维持一个干净的居住环境就能防止小镇居民生病。

说起来，病菌感染的发生率是可以人为降低的吗?

不管了，利姆鲁对此重视，肯定就是那么回事。居民明明都还过着非常简陋的生活，他却往平常看不见的地方倾注这么多心力，我觉得很不可思议。

无论如何，大家都在积极活跃地工作，这就再好不过了。

“——对了，利姆鲁大人……您今天也不需要用餐吗？”

被利姆鲁命名为利古鲁德的管理者问我。

——不对，不是问我，是问利姆鲁。

利姆鲁和我一样不需要进食，我想当然地觉得他会拒绝，谁料到——

“从今天开始我和你们一起用餐。”

利姆鲁这小子，竟然打算抛下我一个人去吃好吃的。

从前那些凭魔物的味觉无法品味的美食，在有了人形后，再也不会错过了。能察觉到这一点，不愧是利姆鲁。

可他不是都变成人好几天了吗？这话我还是……怎么讲，沉默是金？

啪嗒。

“将军了，维鲁德拉大人。”

啥？

等、等一下，给我等等。

难以置信。我不过看了一下外面，棋盘上战局一转，伊芙利特形势一片大好。

哼呼噜噜噜噜……

那、那我就——

“你、你变强了一点嘛。不过，还有得学呢。”

我一边放话，一边调回进化为角行的龙马，吃掉了伊芙利特的银将。

好险好险，我稍有些大意了。

“不愧是维鲁德拉大人，决战来得猝不及防。不过，我也学习了那种名叫‘定式’的东西，谁胜谁负尚未可知。”

伊芙利特这家伙，明明才刚记住规则，什么时候进化到满嘴“定式”的地步了？

至今为止，我与伊芙利特的对局都是我压倒性取胜。

字面意义上的“百战百胜”。由于这个缘故，前一阵我下棋下得上头……

然而，不久前，利姆鲁在我下棋的当口变出了人形。我为了避免再次错过重头戏，最近时不时就会留意一下外头。

结果，伊芙利特趁我不备，棋艺大进。

不能小觑的家伙。

这就是所谓的“日积跬步”吗？

外头，利姆鲁正在一项一项地试验新获得的能力。这一行为，本质上跟学习将棋规则有相通之处。

自己能做什么，不能做什么。连这都不了解的话，一切都无从谈起。

其实成长到我这个阶段后，自然而然就能理解，可利姆鲁和伊芙利特都还修行不足。

尤其是利姆鲁，还很稚嫩，跟伊芙利特战斗时连自己有“热量变化抗性”都忘了。他确实有必要平常多试试……

不过，伟大如我，才不会一一试用能力。

本真之力，随心而发——这才是我的信念。

“哈哈哈，你很敢说嘛。看好了，受制于规则、定式之辈，永远称不上国手。”

我不知努力为何物。

我确信自己根本不需要这类东西，自信满满地放话。

然而——

“不不，定式且不说，规则还是要遵守的……”

从我正对面，传来伊芙利特的声音。

……

多、多说了几个字。

我很不甘心，可伊芙利特说得太过有理，我无法反驳。

“根据声音推测为救援请求——”

嗯？

“维鲁德拉大人，好像出现了紧急事态。”

“是啊，看来现在不是争论的时候。”

伊芙利特闻言，点头认可。

我们两个看向外界。

与此同时，我利用这一良机，混过了胜负未明的棋局。

◆大鬼族的袭击◆

让我看看到底发生了什么。

出现在利姆鲁面前的是六名大鬼。

从现场状况判断，强壮哥布林们一拥而上仍然败下阵来。
这也只能认了。
弱者必定败给强者，此为世之常理。
几只强壮哥布林受了刀伤，痛呼哭喊，利姆鲁赶紧把恢复药丢给他们。他好歹在事情变得棘手前赶到了。
“倒在地上的大伙儿都没事，只是因为魔法而陷入了沉睡。”
利古鲁德的儿子利古鲁对利姆鲁报告道。
我听了也松了口气。
利姆鲁的同伴都是本龙爷未来的崇拜者。都还没围着我献殷勤呢，可不能在这种地方咽气。
对手是……大鬼族吗？
听到这个词，利姆鲁脑子里又浮出了谜之影像。的确，他想的那种智能低下、魔兽一般的大鬼族也是存在的，可他现在面对的武装集团明显要棘手得多。
他们中甚至有能使用魔法的。强壮哥布林满打满算不过 C 级偏上，绝对敌不过人家。
锵，咚，锵锵。金铁之音回荡在森林中。
原来战斗还没结束。两头大鬼正在跟利姆鲁的宠物交手。
它是叫……岚牙吧？它孤身缠斗两头大鬼，一步不曾退却，抗魔耐性也不错。不知不觉变得挺强了嘛。
不过，已经没事了。
利姆鲁既然赶到，这些大鬼马上就要完蛋了。
“利姆鲁可是一只手就打倒了伊芙利特，还吞噬了他的力量。区区六头大鬼，根本不值一提！”
“——那个……这种事，还请不要在当事人面前提起……”
嗯？
不知不觉就把心声讲出来了。
失敬失敬，不小心兴奋过头了。
“好，我以后会注意的。——哈哈哈哈哈！”
我是有教养的龙，该反省的地方都会好好反省的。
“那就拜托您了……”
我难得表示会反省，伊芙利特却不知为何叹了一口气。
搞不懂。
完全搞不懂。但是算了，现在还是利姆鲁的战斗更吸引人。

“看啊，战斗开始了！”

大鬼族断然拒绝了利姆鲁的提议。

他们似乎有什么苦衷，可不管怎样，先动手的是他们，利姆鲁想必会勃然大怒——咦，好像也没怎么生气?

他只要正常战斗，基本就占尽了赢面。可若掉以轻心，负伤的可能性也是有的。

伟大的我从不掉以轻心，因此也从不会败给敌人——咳，这种事怎么都好。

利姆鲁令岚牙对付会魔法的巫女公主，剩下五头大鬼由他一人应付。看样子，他打算生擒那五头，借此展示战斗力的差距。

我个人看法啊，利姆鲁的性格多少有些天真。他若是下手不留情，一瞬间就能抹杀六头大鬼……可他偏偏选了麻烦的做法。

“放心。我不会输的。”利姆鲁宣言。

当然了。

身为我的朋友却在战场上落败——这种事我绝不允许。

也罢。

虽然看不懂，但就让我领教一下利姆鲁的高招吧。

几头大鬼没有察觉利姆鲁的实力。

魔物基本都是通过魔素量来判断敌我差距的。透过对方漏出的妖气推测实力是魔物的本能。

然而，此刻，一张谜之面具正覆在利姆鲁脸上，完全隐去了他的妖气，大鬼们因此而低估了利姆鲁。

可他们行止间不见一丝大意。

果然，这群大鬼智能很高，思考方式更接近人类。这样一来，他们的战斗方式或许也和一般魔物不同，很少依赖本能，更多的是注重经验与修习技术，以此战斗。

人类的身体素质远比魔物低，却能从经验中学习，刻苦磨砺，传承技术。在这条修炼之路的终点，屹立着那些连最强大的魔物都能打倒的强者。而大鬼族在身体素质方面就已占尽优势，若习得了技术，可就再难凭魔素量推断他们的实力了。

当然，利姆鲁也注意到了这些。他全神贯注，留意对方的战法。

喔喔，黑发的大鬼动了。

他挥起大锤，朝利姆鲁当头砸下。

这一锤招猛力沉，可稍显缓慢，一看就知道赶不上利姆鲁的反应速度。

不出我所料，利姆鲁敏捷地避开，手掌中喷出“麻痹吐息”，将黑发大鬼麻倒了。

可敌人不给他丝毫喘息之机。利姆鲁后方，紫发的女大鬼袭来。

——利姆鲁还真从容，被人家迷住了。

我一头雾水，决心下次找利姆鲁问个清楚。

说时迟，那时快，利姆鲁用“粘钢丝”缚住了女大鬼。然而，黑、紫二鬼似乎只是诱敌的虚招。

明面上，这两人大举进攻。暗地里，蓝发的大鬼乘虚而入。

只可惜——

“身体装甲”覆上利姆鲁的手臂，挡下了悄然袭来的利刃。

这个技能来自甲壳蜥蜴，但利姆鲁已经完全运用自如了。只硬化身体的一部分，还挺帅气的嘛。

包括刚才的“麻痹吐息”在内，他信手操控史莱姆的身体，千变万化。

我一边叹服，一边继续观摩利姆鲁的战斗方式。

我不是一个人。

方才利姆鲁连战三人，其间种种，大鬼的老者全部看在眼里。利姆鲁使用过的技能，老者一一指明了来历，三发三中。

他肯定会用“魔力感知”。区区一头大鬼，何况我们这边还完全隐去了妖气……

用魔法的巫女公主也很棘手，可要说谁最难搞，恐怕还是这个老人。

我的直觉立刻应验了。大鬼老者一闪现身利姆鲁背后，手起刀落，斩下了利姆鲁的手臂。

不愧是我。

我简直又重新认识了自己的厉害，可现在不是夸耀的时候。

身体能力远胜人类的大鬼，一旦连技术都磨练得远胜于人，竟能臻至如此境界。我感佩不已。

当然，这事跟我这样登峰造极的巨佬没啥关系。

对利姆鲁也一样。

大鬼老者如果正当壮年，处在战力巅峰期，没准能让利姆鲁再苦战一番，可“如果”也就只是如果。利姆鲁身兼“痛觉无效”与“超速再生”两大神技，区区斩击造成的损伤基本可以忽略不计。

“你……这个怪物！”

大鬼的少主冲利姆鲁大喊。真是太无礼了。

行了，利姆鲁！

这种连礼貌都不懂的野人，赶紧三两下收拾了吧！

◆大鬼族的原委◆

大鬼族的少主用出了名为“鬼王妖炎”的幻妖术。可惜，在利姆鲁面前，连伊芙利特的火焰都要败下阵来，这点程度又算什么？

利姆鲁随手将火焰无效化。大鬼们见状，个个脸色大变。

利姆鲁乘胜追击，放出了借用我力量的“黑炎”。

这一招虽然只是额外技能，可威力与注入的力量成正比，比魔法或独特技能都更凶悍。

到了这时，大鬼们总算意识到双方段位的差距了。

“那个……那团火焰，并不是利用周围魔素发动的妖术！”

不错不错，巫女公主眼力不差。

人类用的魔法大多都与幻妖术同理，利用空气中的魔素作为能量。缺点是耗费时间，优点则是能大大减轻身体的负担。

然而，收集空气中的魔素要花时间，具体时长取决于当前空间的魔素密度，不确定性非常大。

为了应对这种状况，人类发明了一种技术，从魔物身上获取“魔晶石”加工为“魔石”，凭借“魔石”发动魔法。可这项技术距离普及还很远。

大型魔法需要大量的魔素，耗时漫长，对精神力的消耗也非同小可，因此一般都要准备大量“魔石”，由一大群人发动。

这就是所谓的“人类身体的极限”。

与此相对，魔物的技能可以仅利用自身的魔素，省去了收集魔素的时间，能够迅速展开攻势。

有优点当然就有缺点。

所谓魔物，大多仰赖魔素为生。

像我这样魔素量深不见底的情况暂且不提，一般魔物的魔素量有限，技能自然也有使用次数的限制。要是不小心用过了头，连自体存在都可能湮灭。所以，技能一般都是留作最后的撒手锏，不会随便乱用。

上述两种情况，哪边都是优劣并存，不必强行比出个长短。

除此之外，还存在精灵魔法之类利用契约精灵的力量发动的魔法。视情况使用不同的魔法才是最正确的战术。

说回利姆鲁。

他现在放出的“黑炎”，乍一看是那副鬼样子，其实已经非常手下留情了。

甚至都没到需要担心魔素量的程度。

说到底，如果他一开始就使出全力，几只大鬼根本活不到现在。

大鬼们似乎也充分理解了这一点。

即使如此，他们仍没有退却，而是做好了决一死战的准备。结果想必只会是无意义地送命吧。

“请等一下，兄长大人！”

出声阻止的竟是巫女公主。她据理力争，说服了一众大鬼，他们的少主诚挚地向利姆鲁道了歉。

他的个性比我想象的更朴直。我不由得对这群大鬼刮目相看。

唔，仔细一想，心情还蛮复杂的。

换作是我，一上来就把这群大鬼全收拾了，也就断送了相互理解的可能性。

原来利姆鲁就是出于这种考虑才想知道对方的隐情啊。

当然，这也要看对手值不值得。识人的眼力是最难的。

总而言之，这回利姆鲁看对了人。上一秒双方还剑拔弩张，下一秒已经在宴会上欢声笑语了。

我只能旁观，好无聊。

好想快点解放，前往外面的世界啊。

吃吃喝喝、放松休息后，利姆鲁开始游说大鬼们加入了。

服了，到底在想啥——等等，这可是利姆鲁，肯定在我想不到的地方另有筹谋。

听了大鬼们的遭遇，利姆鲁意识到，数千只猪头族随时可能来犯，甚至可能将这座小镇卷入战火。

不过，他接纳大鬼，肯定不光是出于这种理由。

恐怕他心底是在想，想为这群刚刚认识的大鬼做点什么。

天真，他的想法，真的都太天真了。

可不知为何，我讨厌不起来。

一番苦恼后，大鬼的少主做出了决定，侍奉于利姆鲁麾下。利姆鲁接受效忠后，似乎打算给他们赐名。

啧啧，真是麻烦。

不过，为什么？

又有用到我的地方了吗？我想着，竟感到了些许喜悦。

◆大森林的异变◆

啧。

果然——以上就是我的感想。

只有六个人而已，没问题——利姆鲁是这么想的，可他未免太小看高级种族了。

“请求取用安全限度内的魔素——”

上一次，我借出的魔素安然无恙地回来了。

我已经不再怀疑利姆鲁。

是是，都随你用。

我乖乖交出了魔素。

毫不留情。

利姆鲁毫不留情，夺走了我的魔素。他还将自己的魔素量压榨到最大限度，赐名给了大鬼们。

结果当然是睡眠模式再次拜访。

我就知道会是这个结果。

反正也看不到外面了，不如来想想有什么好玩的。

从利姆鲁得到人形开始，我就悄悄构思过了。在这个囚禁我的空间内，我通过想象，捏出了化身。

化身是纯粹的意念体，并非肉身。不过，由于这里是封闭空间，化身不会轻易消散。

正因如此，我的把戏才能实现——

没错！

我，终于，得到了梦寐以求的人形！

“维鲁德拉大人，请问您在做什么……”

“——哈哈哈哈哈！还没看明白吗，伊芙利特？都变出人形了，要做的事不就只有一件？”

“——那就是？”

“还用说？当然是在这里学习人类的技术了！”

我向伊芙利特一一说明。

那群大鬼就是很好的例子。卓越的身体能力之上，又得技术加成，成长的空间可谓无穷无尽。

像那名大鬼族的老人，甚至能瞒过利姆鲁的知觉。这正证明了战斗能力不是光由面板数字决定的。

“您难道想与我在这里战斗？”

“没错。哎呀，不用担心，又不是真刀实枪，不过就是个模拟战。而且，思念体嘛，碎就碎了，死不了。”

“那、那是您啊，维鲁德拉大人！我可——”

伊芙利特在叫喊些什么。问题不大，肯定又跟平时一样在顾虑些细节问题。

“我上了。”

“听、听我说啊——”

不必再说了。

我摆好架势，朝伊芙利特踢出一脚。

这是我从圣典（漫画）中学来的一招。一脚踢出，轨迹犹如天龙翔空，变幻莫测。

凭人类关节的活动限度，其实是踢不出这一招的，但我就完全可以运用在实战中。伊芙利特惊愕到了滑稽的地步，拼死防御。

“所、所以说，我要是碎了，连存在都会消灭！再说了，迄今为止，我一次都没跟人格斗过！”

伊芙利特好像忘了一件小事——

一次都没跟人格斗过，这点上我也一样，所以现在才要学。存在就算消灭了也能在别处复活，小问题。

担心过头了啦，伊芙利特。

“看好，我又要上了！”

“呜、呜哇哇哇！”

我随想随出招，把各种技能都试了一遍，从中挑出用得上的，锤炼改进。

圣典的记载不是全然正确，中间经常混进一些胡说八道的东西。

就算交叉双手也不会射出真空波。可一击粉碎敌人的抵抗力，第二击彻底将其击溃，这明明就做得到。

算了，这种事也是有的。

就这样，我将各种技能逐一实战化。

从中诞生的就是——“维鲁德拉流斗杀法”！

以打击技为主体，超级适合实战的格斗体系。

传承、发扬它正是我的使命。

“已、已经可以了吧？”

伊芙利特不知为什么遍体鳞伤的，奄奄一息地恳求我。

他眼中没有一丝精气神，不过应该没什么大问题。

我又不是恶鬼，自然宽容地答应了。

“当然，就等你恢复了再来打。”

听我说完，不知为啥，伊芙利特咚地昏了过去。

对了！

他一定是想尽快恢复体力，迫不及待要继续跟我特训吧？

佩服佩服。

就这样，胃袋中的秘密特训开始了。

利姆鲁苏醒时，大鬼们全都进化成了鬼人族。

不错。

不枉我们付出的大量魔素。

利姆鲁想必本就存了增强麾下战力的心思。这群鬼人，在我眼中虽然不成问题，可对鸠拉大森林的住民来说，多半是个威胁。

大鬼少主名叫“红丸”。

好像是他妹妹的巫女公主叫“朱菜”。

最棘手的老人名叫“白老”。

剩下三名分别得名“苍影”“紫苑”和“黑兵卫”。

他们的魔素量虽比不上伊芙利特，但以实力论，无疑全员都超过了 A 级。

六人间虽然存在个体差异，可全体都实力大涨，与进化前的他们可谓天壤之别。

得名白老的老人尤其值得一提。

他的魔素量不算惊人，可一下年轻了许多，一举一动仿佛变了一个人。

他进化前就能瞒过利姆鲁的耳目，现在说不定比利姆鲁还强。

——不不，不至于到这种地步吧。

毕竟，什么攻击都对利姆鲁不奏效，胜败还没有定数。

“伊芙利特，你看那个白老的动作。”

“真是出色。现在我总算能理解他的动作了。一瞬之间从动到静，能够扰乱对手对他攻势的预测。”

“正是。先故意让对手看穿，再从中生出变化。这可是高级的战术。”

“从旁看看还没有太大感觉，可若在实战中挨上一下，多半会晕头转向吧。”

“看上去就像突然消失了一样，连利姆鲁都中过招。除非双方实力差距极大，否则，想胜过那个白老只怕不容易。”

我倒不太在意利姆鲁他们担心的猪头帝，一心留意白老的每一次举手投足。

为了让我的“维鲁德拉流斗杀法”更加完整，我有必要高度集中注意力。

◆加维鲁来也◆

今天，利姆鲁预订到了自己的衣服。

好羡慕。

羡慕得不得了。

他有没有给我也好好准备衣服哇?

好不容易我也有了人形——唔咕，只是思念体好像没有多大意义……

得早早让利姆鲁帮我准备个身体才行。到那时候，我可不能忘记把人形也加到清单上。

我满心雀跃地考虑着这些事时，利姆鲁要去食堂吃午饭了，是得名紫苑的原大鬼为利姆鲁准备的。

哼唧!

混账利姆鲁，到底要让人羡慕到什么地步啊。

又一个人独享美食——当我正这么想时，忽然发现事情不对劲儿。

等一下？

我的超级直觉正发出强烈的声音，那坨东西不对劲儿。

我想对了。

利姆鲁也发现了，紫苑准备的食物极为危险。

人生处处是陷阱啊。

让我看看吧，利姆鲁到底会怎样度过这场危机……

迄今为止，我又学到了一件事。

我以前一直以为，只要是食物就是美味的，可我似乎想错了。

“伊、伊芙利特，你和那个叫静江的女人共用身躯，一起生活了几十年吧？怎么样，食物这种东西，果然不尽然是美妙的吗？”

“这个嘛，说不好。我是不需要进食的高级精灵，而且对食物毫无兴趣，这方面的知识比较欠缺。”

伊芙利特帮不上忙。

说真的，这家伙到底是靠什么乐子活着的啊。

“你这家伙真是没趣啊。那你又为什么要跟人类同化？”

“不是有趣没趣的问题，我只是遵从召唤者的命令罢了。”

“就是那个魔王莱昂吗？说起来还挺怪的，你一个精灵，为什么会仰慕魔王？‘勇者’的话倒也罢了，可对魔王似乎没必要报恩到这种地步。”

天使，恶魔，精灵。

嵌入世界之理中的这些精神生命体，相互之间是三足鼎立的关系。

虽然也存在自我意识发达，游离在常理之外的个体，可大体上其本质都差不多。

精灵是守护、服从于“勇者”的生命体，与处在“勇者”对立面上的“魔王”本来应该相性极差。

不过，这充其量只是一般情况。

精灵的立场，非要说的话应该算是中立，就算协助魔王也没什么不可思议的。

伊芙利特稍微有点过头就是了。

“啊！”

听见伊芙利特的叫声，我看向外界。

映入眼帘的光景是……哥布塔不知怎的咬住了利姆鲁的勺子。

“怎么回事？”

“那是……利姆鲁大人不知怎么预测到了周遭的行动，把名叫哥布塔的强壮哥布林当成了替死鬼……”

居然……

混账利姆鲁，果然是个让人畏惧的男人。

眼也不眨就“献祭”仰慕自己的部下。

不过……

多亏了这份“无情无义”，利姆鲁顺利摆脱了危机。

◆哥布塔 VS 加维鲁◆

镇上来了一只怪里怪气的蜥蜴人，自称加维鲁。

他一来就满口胡言，说什么让利姆鲁他们当他的手下，愚不可及。

猪头人的军队根本不足为道。

啊啊，急死个人。

要是放我出去，一瞬间就能全灭大军，易如反掌。

这个先不谈。

利姆鲁他们也看不顺眼加维鲁的态度。

跟我一样，内心相当火大。

眨眼间，利姆鲁的宠物岚牙就窜了出去，想来是利姆鲁要它去对付加维鲁。

这实力差距未免太大了。

别说加维鲁一个人了，就算对面的蜥蜴人一拥而上，岚牙也能独力碾压。

“加维鲁大人好帅啊！”

“让大家见识一下吧，加维鲁大人！”

小弟们一通捧场，加维鲁志得意满，没能看清敌我双方的实力差距。这样下去，利姆鲁他们多半能得偿所愿，让加维鲁死在岚牙爪下。

再看下去也没什么有意思的了。

——这念头刚掠过我脑海，刚才还挣扎在垂死边缘的哥布塔经过了。接着不知怎的，就变成了哥布塔代替岚牙上阵。

哥布塔这家伙，该说他幸运还是倒霉呢?

一望可知，他的实力远不如加维鲁。

最近，他接受白老的训练，战技有所提高……即使如此我也不认为他能战胜加维鲁。

一边是C级，一边是B级偏上，实力差距一目了然。

然而，我错了。

在奖励的引诱下，在料理的威胁下，哥布塔背水一战，展现出了平常想都不敢想的迅捷。

起落之间，几乎让我联想到他师父白老。

还不止如此。

哥布塔是基于思考，制订出了出色的战术。

那份机敏令我大吃一惊。

张弛有度的运动，难辨真假的佯攻，精准的致命一击。

用言语总结就是这几句，可要在实战中施展，绝不简单。

哥布塔却出色地完成了一切。

他先投出长枪，打加维鲁一个措手不及，紧接着利用“影移动”绕到加维鲁身后。趁对手丢失目标，不知所措时，一脚旋踢命中头部要害。

一系列操作能成功，固然有加维鲁轻视哥布塔的原因在，可也是哥布塔每日不懈锻炼的成果。

就是这个，这正是我决心锻炼战斗技术的理由。

反正我离解放还远得很，这段时间里，我要精心打磨“维鲁德拉流斗杀法”，让它更完善。

一旦解放，我马上就把“维鲁德拉流斗杀法”传授给哥布塔。

我梦想着种种美妙未来，无比期待即将到来的那一天。

说回来啊，这个自称加维鲁的蜥蜴人，也太没出息了吧。

满嘴豪言壮语，什么“伟大的龙之后裔”，真是可怜又可笑！

“加维鲁确实流着龙血，可我们‘龙种’之中，才没有那种张狂自大的东西！”

“欸？”

“怎么了，伊芙利特，你是想说什么吗？”

“不不，什么也没——”

不知为何，伊芙利特听了我的话好像非常吃惊。

他想说什么，可话到嘴边还是咽了回去。

由于加维鲁的登门，镇子上逐渐骚动起来。

猪头族的进犯俨然已经迫在眉睫。

紧接着，得名苍影的原大鬼，进一步摸清了情况。

我是知道的。

得情报者得天下。

呵呵呵，不愧是利姆鲁，饱读圣典啊。

苍影报告称，二十万猪头族大军正在进攻的路上。

管他二十万也好，二百万也好，我手一挥全都灰飞烟灭。可对利姆鲁他们来说，显然是一桩大事。

什么背后有魔王指使啦，猪头帝再次现世啦，大家议论纷纷。

一片议论声中，又出现了新的势力试图与利姆鲁接触。

看样子，来人竟是为我管理鸠拉大森林的树妖。很久以前，我曾保护过这一族，从那以后她就一直感念我的恩义。

来人名叫托蕾妮。

她应该还有其他姐妹，现在却是孤身一人前来，恐怕剩下的人正为了平息鸠拉大森林的骚乱而四处活动。

相比之下，利姆鲁一听到“树妖”就暗自雀跃，比起森林中的骚乱，好像还更在意能见到树妖一事。

还真是从容啊，这家伙。

先不说我怎样，对他的小镇来说，眼下可是重大事件正在进行时啊。

就在我呆若木鸡的当口，会议室的话题进展飞快。

“——我想拜托你去讨伐猪头帝。”

托蕾妮说罢，对利姆鲁莞尔一笑。

哎呀，利姆鲁会怎么回答呢？

不管答案为何，反正肯定不会让我无聊就是了！

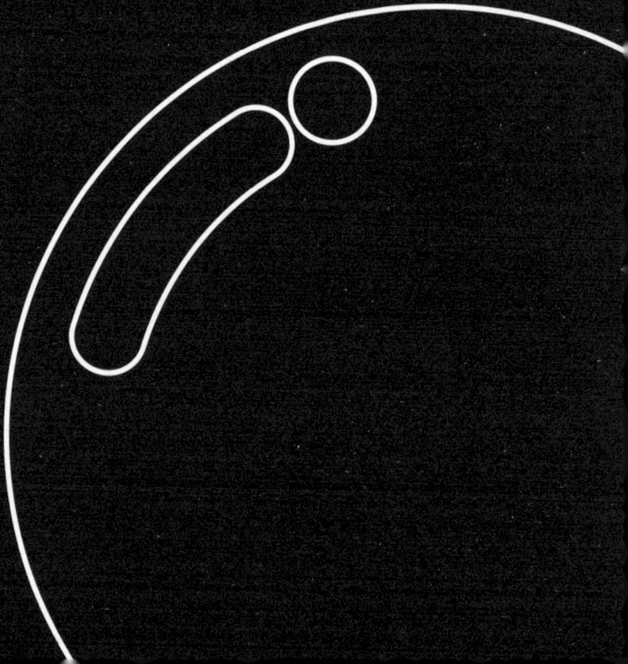

和服之谜

承蒙以下人员的关照

原作：伏濑

助手：西田拓矢
村市
日野（Hino）
原口大树
斋藤茂美
下田将也
桐谷
小日向幸
荒绪择

编辑部的各位
还有你！

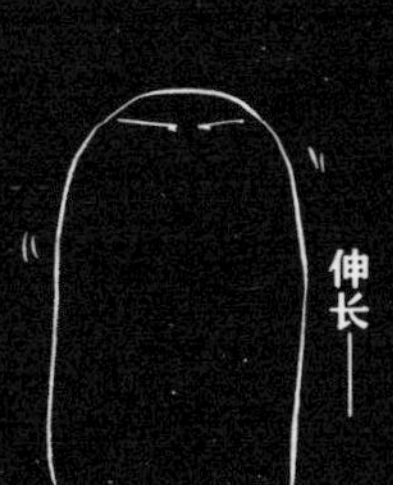

三叶（Mitz Vah） 绘

黑版贸登字08-2022-032号

图书在版编目（CIP）数据

关于我变成史莱姆这档事. 第一辑：全5册 / (日)伏濑著；(日) 川上泰树绘画；(日) 三叶角色原案；K.W，羽千落译. -- 哈尔滨：黑龙江少年儿童出版社，2023.2

ISBN 978-7-5319-6443-8

Ⅰ. ①关… Ⅱ. ①伏… ②川… ③三… ④K… ⑤羽… Ⅲ. ①长篇小说－日本－现代 Ⅳ. ①I313.45

中国版本图书馆CIP数据核字(2022)第246246号

关于我变成史莱姆这档事　第一辑　3

GUANYU WO BIANCHENG SHILAIMU ZHEDANGSHI　DIYI JI 3

［日］伏濑　著　［日］川上泰树　绘　［日］三叶（Mitz Vah）　角色原案
K.W　羽千落　译

出 版 人：张　磊
策　　划：傅小童
责任编辑：郜　琦
封面设计：李宗男
出版发行：黑龙江少年儿童出版社
（黑龙江省哈尔滨市南岗区宣庆小区8号楼 150090）
网　　址：www.lsbook.com.cn
经　　销：全国新华书店
印　　装：北京盛通印刷股份有限公司
开　　本：787mm × 1092mm　1/32
印　　张：6.625
字　　数：50千字
书　　号：ISBN 978-7-5319-6443-8
版　　次：2023年2月第1版
印　　次：2023年4月第1次印刷
定　　价：125.00元（全5册）